Para
MAC y ADRianna

Distribución mundial

© 2012, Oliver Jeffers, texto e ilustraciones
El autor-ilustrador afirma el derecho moral de ser identificado
como el autor-ilustrador de esta obra.
Publicada originalmente en inglés por HarperCollins Publishers
    Ltd. con el título: *This Moose Belongs to Me*

D. R. © 2013, Fondo de Cultura Económica
Carretera Picacho Ajusco 227,
Bosques del Pedregal, C. P. 14738, México, D. F.
www.fondodeculturaeconomica.com
Empresa certificada ISO 9001:2008

Colección dirigida por Eliana Pasarán
Formación y caligrafía: Miguel Venegas Geffroy
Edición y traducción: Mariana Mendía
Traducido con autorzación de HarperCollins Publishers Ltd.

ISBN 978-607-16-1140-6

Se terminó de imprimir en enero de 2013
El tiraje fue de 10000 ejemplares

Impreso en China • *Printed in China*

Primera edición en inglés,   2012
Primera edición en español, 2013

Jeffers, Oliver
    Este alce es mío / Oliver Jeffers ; trad. de
Mariana Mendía. — México : FCE, 2013
    [32] p. : ilus. ; 22 x 28 cm — (Colec. Los
Especiales de A la Orilla del Viento)
    Título original: This Moose Belongs to Me
    ISBN 978-607-16-1140-6

    1. Literatura infantil I. Mendía, Mariana, tr.
II. Ser. III. t.

LC PZ7   Dewey 808.068 J754e

Comentarios y sugerencias:
librosparaninos@fondodeculturaeconomica.com
Tel.: (55)5449-1871. Fax: (55)5449-1873

Alfredo tenía un alce.

No lo tuvo desde siempre.
El alce llegó un día y Alfredo
supo, sólo SUPO, que debía
ser suyo.

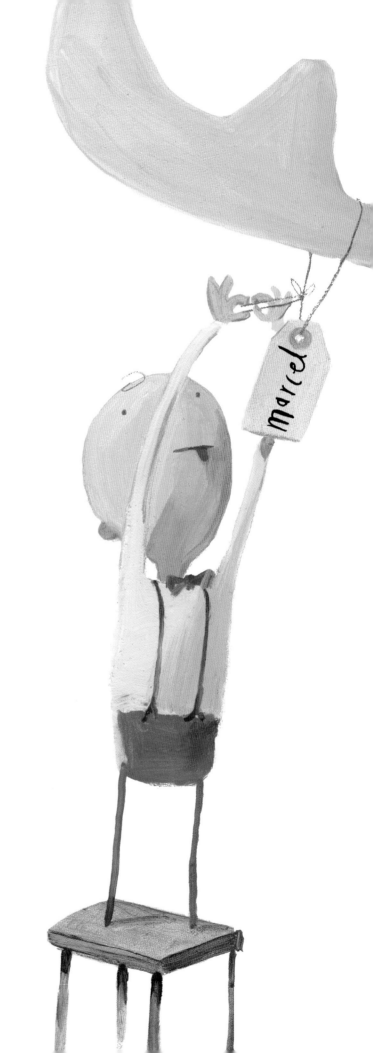

Decidió llamarlo
Marcel.

Y le explicó las reglas para
ser una buena mascota.

Parecía que el alce no le ponía atención, pero Alfredo estaba seguro de que sí, pues entendía muy bien la **regla 4:** *No hacer ruido mientras Alfredo escucha sus discos.*

A veces el alce se portaba mal. Por lo general no hacía caso a la regla 7: Ir adonde Alfredo quiera.

El alce se orientaba bien en el
bosque, pero Alfredo no. Y como no
obedecía la regla 7 [inciso b]:
No alejarse mucho de casa,
Alfredo llevaba hilo siempre que
salían; así encontraba el camino de
regreso.

Otras veces el alce se portaba bien. No tenía problema con la **regla 11**: *Dar refugio en caso de lluvia.*

Ni con la *regla 16*: Acercar las cosas
que Alfredo no alcance.

Un día, en una larga caminata, mientras Alfredo le explicaba a Marcel los planes para las próximas vacaciones, pasó algo terrible…

Alguien más pensaba que el alce era suyo.

Alfredo no lo podía creer.

El alce se llamaba Marcel, no Rodrigo.

La anciana estaba equivocada,

y Alfredo decidió corregirla.

¡Este ALCE es MÍO!

Para demostrarlo, llamó a Marcel.

Pero el alce no le hizo caso.
Parecía más interesado en
la anciana.

Buen chico.

¡Ajá!

Avergonzado
y furioso, Alfredo
corrió hacia su casa...

pero con la prisa
se enredó en el hilo
y tropezó.

Y ahí quedó, en medio
de la nada.

Después de un tiempo, Alfredo empezó a preocuparse.
Ya era tarde para llegar a casa y se acercaba
la hora en que salen los monstruos.

Justo cuando estaba
por agotar todas
sus opciones…

¡llegó Marcel!

Y siguió la **regla 73** a la perfección:

Rescatar a Alfredo de
SITUACIONES PELIGROSAS

Todo quedó perdonado
y Alfredo reconoció que quizá
el alce nunca había sido suyo.

Así que llegaron a un acuerdo.

El alce seguiría todas las reglas de Alfredo…

… pero sólo cuando quisiera.